Œuvre graphique de couverture : *Petit Bout d'Homme* par AmAdelA (www.amadela.com)

VINCENT POSÉ

PETIT BOUT D'HOMME
[au pluriel]

Suivi de documents inédits

Théâtre

© 2020 | Vincent Posé
www.vincentpose.fr

*scène 10 | texte « Colors » par Adrien Leprêtre
Samba de la Muerte- *Adrien Lepretre / Corentin Ollivier*
Publié sur l'album Colors – ℗ 2015 AKA Publishing
Avec l'autorisation d'Adrien Leprêtre

Edition : BoD – Books on Demand
12/14 rond-point des Champs- Elysées 75008 Paris
Impression : BoD – Books on Demands, Norderstedt, Allemagne

ISBN : 978-2-3222-5858-1
Dépôt légal : novembre 2020

Dans tes pas, ce que tu lègues jamais ne s'efface
Adrien Leprêtre, *Colors*

PRÉFACE
Publier pour faire exister

PETIT BOUT D'HOMME [au pluriel] n'est pas un texte. Il est avant tout un témoignage d'une création théâtrale et musicale menée pendant une période trouble pour le milieu artistique et culturel. À l'instant où j'écris ces lignes et au-delà de toute analyse sanitaire ou politique, nous sommes dans une seconde phase de confinement qui contraint les salles de spectacles à fermer et les artistes et techniciens du spectacle vivant à ne plus pouvoir travailler pleinement. Sans perspectives de reprise mais avec beaucoup d'inquiétudes sur la pérennité des carrières artistiques et culturelles.

Le spectacle PETIT BOUT D'HOMME [au pluriel] devait être joué à partir de janvier 2021. Mais aujourd'hui je n'ai plus de certitude quant à son parcours sur scène. J'ai toujours l'espoir de le présenter au public, de partager ces portraits et ces tranches de vies. Mais aussi d'échanger avec les spectateurs, de participer, à ma modeste échelle, à un dialogue personnel et à la réflexion commune. Mais pour cela il faudra que les salles ouvrent de nouveau, que les programmateurs puissent se projeter et que nous, artistes, soyons encore vivants, présents et inspirés.

Cet ouvrage était initialement destiné aux spectateurs, sous la forme d'un texte accompagné de photos rendant compte de la résidence de création du spectacle. Il devait être disponible à la sortie des représentations, comme un prolongement de ce moment passé ensemble et des émotions partagées. Une trace d'un moment de vie. Il le sera peut-être si représentations il y a.

Mais quand aujourd'hui les spectacles ne peuvent se jouer, et que le risque existe que beaucoup ne puissent plus être représentés, l'acte de publier devient nécessaire.

Parce que les spectateurs sont privés de la représentation, il faut faire le pari de l'imagination. Lire et imaginer. Se faire son spectacle en soi.

Parce que les auteurs sont privés de représentations, qui constituent une très large partie de leur rémunération et de leur notoriété, il faut faire le pari de l'écrit. Partager son propos et trouver son public.

Parce que le spectacle vivant est une économie dans laquelle les frais engagés et l'énergie déployée dans la production d'un spectacle ne sont amortis qu'après de nombreuses représentations. S'il n'y en a pas, c'est tout ce travail pour rien. Publier, c'est y croire encore.

Parce que je porte ce projet depuis plus de quinze ans en moi et qu'il m'est insupportable de simplement imaginer qu'il ne puisse jamais se jouer. Pas pour mon égo, mais parce que je ressens cette force inexplicable, intime, de la nécessité de présenter ce spectacle. Publier, c'est le faire exister.

Parce que l'équipe de PETIT BOUT D'HOMME [au pluriel] travaille depuis près de deux ans ensemble, tout en respect, en sensibilité, en osmose et en bienveillance. Des artistes talentueux, que j'admire profondément, qui sont aussi de beaux êtres humains. Publier, c'est leur rendre hommage.

Cet ouvrage ne comporte pas de photos, ni partitions musicales. Il est brut, pour que chacun puisse se faire son propre spectacle. Néanmoins j'y ai ajouté quelques documents de travail, qui permettent de saisir l'essence de cette création.

Il ne remplace en rien le spectacle et n'en a pas la vocation. Au contraire, j'ai espoir de pouvoir incarner ce texte devant un public en chair et en os. Des spectateurs avec qui je pourrais échanger après la représentation. Qui peut être me diront, en sortant cet ouvrage de leur poche, que leur version imaginée du spectacle était un peu différente.

Vincent Posé
13 novembre 2020

PETIT BOUT D'HOMME
[au pluriel]

Seul en scène théâtral.
Ecrit et joué par Vincent Posé.

Créé en janvier et octobre 2020, au Théâtre Roger Ferdinand de Saint-Lô.
Avec le soutien de la ville de Saint-Lô | Théâtre de Saint-Lô.

Équipe de création : Vincent Posé (texte, mise en scène, jeu, création vidéo), Adrien Leprêtre (musique originale et création sonore), Ludovic Brégeon (création lumière), AmAdelA (création graphique), Nicolas Breton (consultant mise en scène), Stéphanie Rausch, Léa Géhanne (regards extérieurs), Valentine Leconte (administration).
Et l'équipe du Théâtre de Saint-Lô (Pierre Querniard, Fabrice Mari, Sylvain Lostys, Emmanuel Bienassis).
Production : Com' Une Impro.

PERSONNAGES

Incarnés par le comédien
LE NARRATEUR
LE PÈRE
LE PILOTE DE FUSÉE
LE MANIFESTANT
LE DANSEUR
LE PAPA CONNECTÉ
LE BÉBÉ
LE JEUNE PÈRE
LE COACH
LE FILS

Incarnés par le musicien
LE PSYCHOLOGUE
LE CHANTEUR

En voix off ou
LA MÈRE
LA VOIX OFF

Extraits d'interviews sonores
MON PÈRE

PRÉAMBULE

Dans le hall ou foyer du théâtre.
Des stylos et papiers sont à disposition.

Le comédien apparait pour accueillir le public.

LE COMÉDIEN – Dans quelques instants vous allez assister à la représentation de Petit bout d'homme au pluriel. Il s'agit d'un spectacle construit à partir d'expériences intimes et personnelles. Nous allons y évoquer les figures paternelles.
J'aimerai que nous partagions ensemble cet instant, et pour cela je vous invite à écrire un message personnel à destination de votre père ou de votre ou vos enfants. Que ce soit on mot ou une phrase. Prenez le temps d'y réfléchir.
Ecrivez-le pour lui, pour eux, pour vous. Je vous en remercie.

Le comédien retourne seul dans la salle pendant que les spectateurs écrivent, puis déposent leurs messages dans une boîte prévue à cet effet.

Les portes de la salle s'ouvrent quand les premiers messages sont déposés.

SCÈNE 1

Des sons de maternité. De l'ambiance sonore : agitation, mouvements, des pas incessants, des bips d'appareils.

Un homme apparaît, poussant un berceau à roulettes. A l'intérieur du berceau, un ours en peluche.

LE PÈRE - Une salle minuscule. Des portes qui battent, des blouses qui passent, des regards froids. Nous deux dans ce petit cagibi. Ta mère est en soin. C'est plus compliqué qu'il n'y paraît. Tu es bordé par quatre parois de plastique transparent, montées sur de petites roulettes. Je te tiens la main. J'ose à peine te faire quelques caresses sur les joues. Je remets ton bonnet. Ta peau toute fripée. De longs silences. Ne pas te parler de ta maman. Ne pas t'inquiéter. Juste penser à toi. Je ne fais pas le fier, je ne sais pas ce qu'il se passe. Petit bout d'homme. Au pluriel.

SCÈNE 2

Un escabeau au centre de la scène. Le narrateur, en tenue de chantier, pinceau à la main.

LE NARRATEUR *(s'adressant au public)* - Je vous présente la chambre de mon fils. Ne faites pas attention au désordre. Je suis en train de la refaire. Vous savez ce que c'est. Tous les trois ou quatre ans, il faut réactualiser. La tapisserie *Cars* a fait son temps. *Flash Mac Queen* n'est plus à la mode. Les murs sont un peu abimés.
Détrompez-vous, je ne suis pas un professionnel des travaux. Avoir des enfants me pousse à faire des choses que je ne pensais pas être capable de faire. Pas nécessairement les faire bien, mais au moins les faire au mieux de mes capacités.
Dix ans. Il va avoir dix ans. C'est incroyable. Je ne m'imaginais pas devenir père. J'ai toujours été un homme élastique, les pieds sur terre et la tête dans les étoiles. Ancré dans les réalités, mais loin de l'idée de famille, par instinct de vie, de survie, d'exploration et de liberté.

Le narrateur se poste au pied de l'escabeau.
Il prend une pose solennelle pour devenir un pilote de fusée.

PILOTE DE FUSÉE *(au pied de l'échelle)* - Papa. Maman. Je ne sais pas si je reviendrais un jour. Ne soyez ni tristes, ni inquiets. Je me suis préparé pour cette mission. C'est aujourd'hui. Je pars. Oui, je pars. Je penserai à vous. Je vous embrasse.

Il monte progressivement les barreaux de l'échelle

PILOTE DE FUSÉE - La solitude ne me fait pas peur. Elle m'inspire. Ici il n'y a plus de souffrance. Plus de violences. Être dans mon univers. Plus rien pour me freiner. Plus personne pour me retenir. Être libre.

LA MÈRE *(en voix off, façon répondeur téléphonique)* - Bonjour Loulou. On espère que tu vas bien et que ça se passe bien là-haut. J'espère que tu as pris de quoi manger. Il faut que tu manges, c'est important. On est allé voir papy et mamie. Si tu trouves une carte postale, tu sais que ça leur fera plaisir. Papa et moi on pense fort à toi. On t'aime. Bisous.

PILOTE DE FUSÉE - Où je vais il n'y a pas de carte postale. L'immensité du néant. Le vide à perte de vue. Les grands espaces à explorer. La création du monde. La naissance de l'humanité. L'introspection la plus brute. Un aller sans retour. Par-delà de la gravité.

LA MÈRE *(en voix off, façon répondeur téléphonique)* - Loulou. Tu dois être loin maintenant. Je n'ai pas de bonnes nouvelles. Je pense à toi. Tu reviens quand tu veux. Bisous.

PILOTE DE FUSÉE - L'heure est grave. Il faut de la force pour lutter contre la gravité. *(un temps)* Communication terminée.

SCÈNE 3

Le pilote de fusée saute de l'échelle. Il devient le narrateur.

LE NARRATEUR - Dix ans. Dans quelques mois il va passer du côté obscur de l'enfance. L'adolescence. Avec son lot de sautes d'humeur, de je t'aime, je ne t'aime plus, je te parle, je ne te parle plus, je te parle trop. Et puis d'autres choses, surprise, auxquelles personne n'est préparé. Ni moi, ni lui.
Il va me falloir être vigilant. Toutes mes réactions vont être scrutées. Analysées selon lui. Mes contradictions. Révélées à ses yeux. Gravées en lui, pouvant engendrer incompréhensions, blessures et colères.

Noir.
Ambiance sonore de manifestations.
La lumière revient, avec une découpe stricte au sol.
Vêtu d'un gilet orange fluo, le manifestant, entre en scène.

LE MANIFESTANT (à quelqu'un dans la foule) - Il faut qu'on aille au bout. De toute façon c'est ça ou on ferme l'usine. Alors on va se battre tous ensemble pour que ça continue.

(à un autre au loin) Quoi mon père ? Tu laisses mon père tranquille. T'as rien à dire. Mon père, il s'est déjà battu la dernière fois. Il y a quinze ans, il était là, à ma place. A ta place. Alors tu le laisses tranquille.

(à un proche) Mon père il a rien compris. C'est un jaune. Il pense qu'à lui. De toute façon en ce moment, vaut mieux pas qu'on se parle. A la maison il dit rien. Il fait la gueule. Je lui ai dit qu'il fallait qu'il se bouge. Tu parles, il s'est juste barré.

(à celui au loin) Il est où ? C'est ça que tu demandes ? Il bosse. Je sais. C'est un des seuls. J'y peux rien moi. Allez, laisses le tranquille.

(au proche). Quarante ans de boîte et il défile pas. Ça je comprends pas. Je lui en veux de plus se battre. Evidemment que j'aimerai qu'il soit là. J'aurai été fier même. Mais c'est comme ça. Il fait ses choix.
Quand il s'est battu, ça a marché. Alors ça il nous l'a raconté. En long en large et en travers. Les jours, les nuits, les manifs. La négociation avec le préfet. Les patrons qui signent devant lui. Alors ça, il l'a raconté.
Quand il dit qu'il faut être fier et pas se laisser faire, il peut pas faire ce qu'il fait. C'est de la lâcheté ça s'appelle.

(à celui au loin) Répète un peu. Lâchez-moi avec mon père. Lui c'est lui, moi c'est moi. Tu laisses mon père. Quoi ? Tu veux te battre ? *(se prépare à se battre)* Tu retires ça tout de suite. *(se débat, coups de poings dans le vide)* Lâchez-moi les gars.

Noir
Retour des sons de manifestations, qui terminent de manière sèche.
Deux découpes carrées au sol qui s'allument.
Le manifestant, grave, sans son gilet fluo, s'avance doucement dans un des carrés.

LE MANIFESTANT (regardant l'autre carré) - Maman. Faut que tu lui dises à Papa. Il faut qu'il nous rejoigne. Les gars sont pas tendres avec lui. Et ils sont pas tendres avec moi. On a besoin de lui.

Le carré s'éteint.
Le manifestant est figé un moment.

SCÈNE 4

Pleins feux.
Le manifestant devient le narrateur, souriant.

LE NARRATEUR - On a besoin d'être deux pour faire un enfant. Au moins biologiquement. Il faut bien qu'il y ait rencontre de petites graines à un moment ou à un autre. Je vous laisse toute latitude pour imaginer.
Pour ma part ça n'a pas été facile. Ce n'était pas un but en soi dans ma vie d'avoir un enfant. Surtout, c'est que je ne suis absolument pas doué. Avec les filles.
C'est une sorte de miracle si j'ai pu avoir une vie amoureuse et des enfants.
S'il y avait quelqu'un à qui je plaisais, je ne voyais rien. C'est juste après, on m'avertissait, alors je comprenais qu'il y avait peut-être moyen. Mais trop tard.
Donc le genre de mec, en soirée, ou en discothèque, qui reste sur le côté ou au fond. Qui fait bien tapisserie. Qui ne danse pas. Parce qu'il ne sait pas danser. Et qui ne voit rien. C'était moi. Sauf peut-être une fois.

Noir. Un écran blanc qui s'allume en fond de scène. Le narrateur se fige devant l'écran, en ombre. Une musique dub qui débute. Le narrateur se met à danser et devient le danseur.
Une piste de danse sur le plateau s'allume.
La voix du père intégrée dans le morceau de musique.

LE PÈRE *(en voix off)* – Je ne me suis pas posé de questions. Avoir un enfant ce n'était pas le choix de vouloir absolument un enfant. C'est le choix de dire je suis avec

quelqu'un, je suis bien avec l'autre et la plus belle preuve d'amour avec une femme c'était d'avoir un enfant.
Si tu avais été une fille, tu te serais appelé Elodie. Pourquoi Elodie ? Pareil, un joli prénom aussi. Mais voilà, c'est tout. Parce que c'était beau.

LE DANSEUR *(s'adressant à quelqu'un devant lui, fort)* - Tu t'appelles comment ? Elodie ? Oui c'est joli. Elodie.

LE PÈRE – J'avais dit que pour le premier enfant je voulais tout faire. M'occuper au maximum des choses. Alors je suis allé avec le certificat de naissance, jusqu'à la mairie. Et puis voilà.

LE DANSEUR - Lui c'est mon père. Non, t'inquiète. Il ne va pas rester. Il m'accompagne quand je vais en soirée. J'ai pas mon permis. Il m'emmène. Il me ramène. Il prend soin de moi. Si je lui demande, il restera pas.

LE PÈRE – J'ai vu que c'était un garçon parce qu'il y avait un petit zizi qui se promenait en l'air. Tiens, un garçon. J'étais heureux. Et j'en ai pleuré. Parce que j'étais content.

LE DANSEUR - Elodie. Est-ce que tu veux faire un bébé avec moi ? Ou alors sortir avec moi ? Oui.

LE PÈRE – Tu m'auras toujours. Tu seras toujours mon fils et je serais toujours ton père. Malheureusement c'est comme ça. Ou heureusement c'est comme ça.
La chose que j'ai toujours voulu et que je continue à vouloir, c'est qu'il soit heureux de vivre.

Le danseur fige son mouvement. Fin de la musique.

SCÈNE 5

Une chaise éclairée sur le plateau.
Un patient s'y installe. Un psychologue l'accueille.

LE PATIENT - Quand j'avais son âge, j'étais à la rue. Mon père m'a dit que si je ne réussissais pas à l'école, alors je devrais me débrouiller par moi-même. Ma mère n'a rien dit. Ils l'ont fait. *(au psychologue)* Je le sais. Il m'en veut.

LE PSYCHOLOGUE – Continuez

LE PATIENT - Je me suis fait la promesse. Qu'il y réussisse ou pas à l'école, je serais présent. Parce que je sais que ça ne fait pas tout. L'école.
J'avais les compétences. Mais j'ai eu des professeurs qui ne m'aimaient pas. Je le leur ai bien rendu. Puisqu'ils ne voulaient pas que je réussisse, j'ai fait le malin. Ils n'ont pas su voir ce dont j'étais capable.
(au psychologue) Vous savez, les professeurs ne se rendent pas compte des dégâts qu'ils peuvent provoquer.

Un temps

LE PATIENT - Je me suis fait tout seul. Carrière honorable. Malgré les difficultés. Le manque de confiance. Une hiérarchie rétive. Et puis la reprise de l'entreprise. Les responsabilités. Vous voyez ce que c'est.
Je veux qu'il réussisse. Je m'y emploie et le soutien. Avec succès. Il réussit tout. Il a le choix.
Il veut aller à Paris. Il veut y faire ses études. Il parle de culture, de sorties, d'amour, de fêtes, de son rêve.

LE PSYCHOLOGUE – Qu'en dîtes-vous ?

LE PATIENT - Je ne suis pas convaincu. Peut-être que ce serait mieux qu'il y aille plus tard. Quand il sera prêt. Ce serait mieux qu'il fasse ses études pas loin, et ensuite il verra.
(au psychologue) En vérité, je n'ai pas envie qu'il aille à Paris. C'est trop dur. Je sais ce que c'est. A son âge j'étais là-bas, sous les ponts, sans argent, seul. L'envers de la carte postale, je le connais. Alors si je peux lui éviter ça.

LE PSYCHOLOGUE – Que voyez-vous pour lui ?

LE PATIENT -Intégrer une école pas loin d'ici. Faire une alternance. Reprendre mon entreprise. Ensuite on verra.

LE PSYCHOLOGUE – Est-ce que vous lui en avez parlé ?

LE PATIENT - Pourquoi ? A lui de se faire sa propre expérience. Mais si c'est pour aller à Paris, ce sera sans moi.

Le patient se lève, sort de scène.

SCÈNE 6

Le papa connecté pousse des cris de joie en coulisses. Pleins feux sur le plateau.

LE PAPA CONNECTÉ *(arrivant en courant sur scène)* - Je suis papa. Je suis papa. C'est incroyable ! D'un coup, d'un seul. On a fait le test de grossesse. Elle a fait le test de grossesse. L'attente. J'ai eu l'impression que ça durait des heures. Quand elle est ressortie des toilettes. Positif. On en a refait un autre pour vérifier. Elle a bu une, deux bouteilles d'eau. L'attente. J'ai eu l'impression que ça durait des heures. Et finalement, positif aussi.
Dans sept ou huit mois je vais être papa. Ça y est. Je me sens papa. Je suis papa. Il faut que tout le monde le sache. J'ai envie de le crier sur tous les toits. *(criant)* Je suis Papa. Je suis papa !

Il sort un téléphone portable de sa poche, puis se prend en photo. Il regarde l'écran, puis écrit un sms en parlant.

LE PAPA CONNECTÉ *(arrivant en courant sur scène)* - Vous ne remarquez rien ? Pourtant je suis un autre homme. Je suis papa. Non autre chose. Rien n'a changé, mais tout a changé. Je suis Papa. Smiley cœur dans les yeux. C'est pas mal. Envoyer. Partager.
Les premières réactions. Olivier qui like. Ça faisait longtemps. Juliette aussi. Mon ex. Et Élodie. Mon autre ex. Ça rassemble d'être papa.
Les premiers commentaires. *(un silence).* Oui c'est moi le père. T'es con ou quoi ?

SCÈNE 7

Une musique dansante. Un cercle de lumière sur le plateau. Un bébé à l'intérieur, aux mouvements très lents. Il prend la parole à certains moments du morceau musical.

LE BÉBÉ - Je n'ai pas de prénom. Mes parents veulent garder le secret. Ils veulent surtout savoir si je suis toujours là. Tous les mois ça recommence. *(se débattant)* Plus bas le cœur. Ne vous inquiétez pas. Je suis là !
Mes parents pètent les plombs tout le temps. Maman c'est joie et pleurs pour n'importe quoi. Papa ne fait que de répéter le trajet jusqu'à la maternité. Avec lui je ne suis pas arrivé. Et si vous les entendiez. Ils sont gagas. Donnez-moi un prénom déjà.

Le bébé se retrouve sur le côté du cercle lumineux. D'un coup, son bras sort de la lumière.

LE BÉBÉ - Attraper mon bras ou mes pieds. A travers la peau papa trouve ça marrant. Mais ce que j'ai trouvé. C'est qu'en faisant comme ça. *(S'accroupissant et semblant forcer vers le bas)* J'embête souvent Maman. Et parfois Papa.

Le bébé sort soudainement du cercle lumineux. La musique s'arrête.

SCÈNE 8

Le père de la scène 1 traverse le plateau en poussant le berceau. Il s'arrête au centre du plateau, regarde l'ours en peluche et le prend maladroitement contre lui.

LE PÈRE – *(S'adressant à une infirmière)* Je le prends comme ça. Sur la peau. Mais c'est tout petit. Je ne sais pas comment le prendre. Il va tomber si je ne le tiens pas bien. *(S'adressant à l'ours)* Tu es tout petit toi.

Une vidéo de maternité projetée sur l'écran en fond de scène.

LE PÈRE – Je suis né un 24 juin. Il parait qu'il faisait froid. C'est ce que m'ont dit mes parents. Il faisait tellement froid que le chauffage était allumé et qu'ils ont dû me mettre en couveuse pendant des jours. J'étais petit comme toi. Peut-être même plus petit.
C'était la clinique Pasteur. La maternité où je suis né.
A côté, il y avait une école maternelle. Ma première école. Dans la cour, il y avait un bac à sable avec une fusée sur laquelle on pouvait monter.
C'est là que je passais la plupart de mes récréations. Les autres enfants me faisaient peur. Surtout les grands. Mes parents ils n'en savaient rien. Le temps a passé, mais je m'en souviens encore dans mon corps.

(À l'ours en peluche) Je ne veux pas que tu aies peur des grands. Si tu en as peur un jour, tu pourras venir me voir. Je sais ce que c'est. Je suis grand et je serais toujours là pour toi. Toi tu es tout petit et peut-être qu'aussi tu seras toujours là pour moi.

Il remet d'ours en peluche dans le berceau.

LE PÈRE – La clinique Pasteur n'existe plus. Elle est devenue une maison de retraite. C'est la vie.

Il pousse le berceau pour sortir de scène. Arrivé en bord de plateau, il laisse le berceau et devient le narrateur.

SCÈNE 9

Le narrateur revient vers le centre du plateau.

LE NARRATEUR- C'est le début. C'est lumineux. Tout le monde est sur son nuage. Puis le quotidien qui change. Le doute qui s'immisce. Qui peut s'installer. Si on n'y fait pas attention, qui peut aller jusqu'à ne plus savoir comment tenir une petite cuillère.

VOIX OFF - Il faut coucher bébé sur le ventre

Le narrateur tente de répondre à la voix off, mais les interventions de la voix off deviennent de plus en plus rapides, puis s'entremêlent.

VOIX OFF - Marcher pieds-nus développe le pied. Il doit manger de tout très tôt. Il ne dit pas sucer son pouce. Il est important d'être authentique et sincère avec les gens. Il faut coucher bébé sur le dos. Marcher pieds-nus est dangereux.

Le narrateur ne répond plus et reste immobile.

VOIX OFF - Pas besoin d'être éduqué, mais accompagné avec empathie. Il peut sucer son pouce. Faire un caprice c'est mal. Il faut faire la bise au gens. Le lait de vache n'est pas bon pour les enfants. La politesse est indispensable Ton corps est à toi et personne ne peut te forcer. L'enfant apprend la manipulation en regardant les adultes. Il faut un cadre fort car les êtres de pulsion sont indomptables.

Un temps. Le NARRATEUR reste fixe. Il devient le JEUNE PÈRE.

LE JEUNE PÈRE - Table à langer. Lit parapluie. Plus jamais ça. Je suis cassé. Fatigué. Les sens en éveil. Toujours en éveil. Des réveils en pleine nuit. Des réveils sans cesse éveillé.
Tu crois quoi. Que c'est facile ? Je ne sais pas ce qu'il veut. Je ne sais déjà pas ce que je veux moi-même alors comment je pourrais savoir ce qui est bon pour lui. Ce que je veux c'est être avec toi. Lui tout ce qu'il veut c'est être avec toi. Si ce n'est pas lui c'est moi. Je n'ai qu'une envie. Partir.
Elle est passée où notre insouciance ? Profiter de l'instant sans se préoccuper des regards, des parents, des amis, des modèles. J'aimerai me dire que ça peut redevenir comme avant. Mais rien ne le sera plus. Rien ne sera plus jamais comme avant.
Tu dis que ce n'est rien. Que ça va. Que je suis un bon père. Mais que dalle ! J'abandonne. Ne comptes plus sur moi. Je me donne cette liberté. Je pars. Oui. Je pars.

Noir. Il part d'un côté. Rebrousse chemin.

LE JEUNE PÈRE - Et ne me dis pas que je suis comme mon père.

Il sort par l'autre côté.

SCÈNE 10

Lumière sur le chanteur, installé sur scène.

CHANTEUR - Donnons-nous le temps de ne pas craindre l'avant. Gardons-nous les images. Les étreintes en hommage. Je vois, les sentiments que tu caches me dépassent. Dans tes pas, ce que tu lègues jamais ne s'efface.
À mesure que le temps se passe, éclaire le rythme de nos vies. Il est sûr que la peine, hélas, guérit nos âmes endolories.
Je vois, les sentiments que tu caches me dépassent. Dans tes pas, ce que tu lègues jamais ne s'efface.
Je nous vois là, non sans émoi, laissant la douleur derrière nos pas.

SCÈNE 11

Le coach en paparentalité entre sur le plateau avec un pas vif, quasiment militaire.

LE COACH *(s'adressant directement au public)* - Messieurs. Bienvenue pour ce stage de récupération de points en paparentalité. Il n'est peut-être pas inutile de vous rappeler qu'être père est une activité sérieuse. À plein temps et très réglementée.
Vous êtes nombreux. C'est le cas depuis plusieurs mois. Tous mes stages sont complets. À croire que vous ne savez plus ce qu'est un père. C'est pourtant simple.

Il dévisage les membres du public et désigne plusieurs personnes. Il s'adresse à elles tour à tour.

LE COACH - Manque de fermeté, je le vois. Vous êtes la figure d'autorité. De la poigne bon sang. Quelques cris bien sentis. Une torgnole ou autre claque. Méthode ancestrale qui a fait ses preuves. En cas de doute, il y a des violences utiles et nécessaires.
Vous vous sentez dépassé. Soyez maître de l'emploi du temps de votre enfant. Le plus longtemps possible. C'est vous qui imposez le tempo. Evitez de tenir compte de son avis. Ce serait un aveu de faiblesse. N'oubliez jamais que sans vous il ne serait rien.
Couvade. Beau geste que d'accompagner votre femme dans sa grossesse. Mais maintenant que l'enfant est là, dois-je vous rappeler que vous faites figure de modèle. Ça passe aussi par le physique. Donc régime.

Et vous. Confusion. Tous les deux. Qui est le papa de l'enfant ? Tous les deux ? Quelle drôle d'idée. Ce n'est pas prévu. Il faut choisir. Soit l'un, soit l'autre. Vous reviendrez me voir quand vous aurez choisi.
Divorcés. Vous n'avez pas réussi à rester avec la femme qui a porté votre enfant, alors si on vous confiait un enfant vous risqueriez de le perdre aussi. Je ne peux rien faire pour vous. Vous pouvez sortir.

(Regardant l'ensemble du public) Pour vous et pour les autres. Je vous rappelle la règle principale : jamais d'excuses. Vous êtes le père. Vous avez raison.

Le coach sort de scène, puis le narrateur entre.

LE NARRATEUR - Être père, c'est être confronté à ces discours. De façon brutale ou plus insidieuse. Ces modèles qui voudraient nous faire croire que c'est facile d'être père. J'ai vu des hommes autour de moi devenir pères. J'ai vu ceux qui flanchent, ceux qui assument, ceux qui assurent, ceux qui sont prêts et ceux qui ne le seront jamais. Être père, c'est tout cela à la fois. Chacun fait comme il peut.

Noir

SCÈNE 12

Le fils arrive au centre de la scène.

LE FILS - Mon père est ce genre de père taiseux. Qui cache comme ils le peut ses sentiments. Ça se voit à un regard détourné. Aux larmes retenues avec peine. Mon père a dû beaucoup pleurer, mais peu l'ont vu.
Mon père est supposition. Fuyant comme le vent. Fort en caractère, voulant tout seul tout faire. Pas par vanité, oh non. Mais par la pudeur de ne pas vouloir déranger. Parfois par entêtement, il faut bien l'avouer.
Mon père est ce genre de père perdu. Il lutte contre les réflexes archaïques. Parfois il perd. Il est fils de son père et de tous les pères avant lui. Il veut en tirer les leçons, gommer les erreurs. En commettre d'autres.
Mon père est le genre de père qui dira que tout va bien. Que rien n'a trop d'importance. Mais il ne ment pas. Au moins quand il me serre dans ses bras. Ce qui est rare et cher. Juste un câlin de mon père.
Mon père est ce genre de père qui mourra un jour. Comme tous les pères avant lui. Avec ses légendes, ses non-dits, ses mystères, les on-dit. Des moments passés, ceux à venir qui ne viendront jamais. Mon père est un mystère. Ses parts d'ombres. De lumières.
Mon père n'est pas un genre de père. Il est juste mon père.

Le fils quitte la scène.

SCÈNE 13

Le narrateur entre, en poussant le berceau. Il s'arrête et se positionne à côté du berceau.

LE NARRATEUR - Il y a des choses qu'on ne s'est jamais dites. Ou très peu. Parce que nous n'avons jamais pris le temps de se le dire. Ou parce que ça semble si évident. Tellement évident. Ça se passe de mots.

Une boucle musicale se met en marche.
Le narrateur sort de sa poche des mots issus de ceux écrits par les spectateurs avant le spectacle.
Il découvre chaque mot avant de les prononcer face au public, puis de les déposer dans le berceau.

Le narrateur se fige une fois le dernier mot déposé dans le berceau. La musique prend fin.

LE NARRATEUR - Pour ne plus avoir peur, de parler avec ses pères et ses fils, biologiques, adoptifs, absent, présents, trop présents, spirituels, modèles.
Ceux qu'on a, qu'on a eu, qu'on aurait voulu avoir, ceux qu'on n'aura jamais ou qu'on n'aura jamais plus. Si ce que vous avez vu ce soir vous le permet, par un regard, un mot, un geste, un sourire, une larme.

Le narrateur se positionne derrière le berceau. Il le pousse pour traverser la scène. Il s'arrête au centre du plateau, laisse le berceau, puis sort. Noir progressif, le berceau restant seul illuminé.

Noir final.

DOCUMENTS

NOTES D'INTENTIONS
Nous sommes pères et fils

PETIT BOUT D'HOMME [au pluriel] est la reprise d'un projet entamé en 2003 alors que j'étudiais l'écriture documentaire. Mon film de fin d'étude devait porter sur les choix qui orientent une vie. L'autofiction était mon parti-pris et je crois qu'il ne m'a jamais quitté. J'avais vingt-deux ans et j'ai été découragé par les regards de quelques intervenants. Je n'ai pas eu la force d'assumer et de concrétiser mon projet. Pourtant j'y avais recueilli une matière première riche. J'avais des témoignages sincères de mes propres parents, de plusieurs amis, d'un généticien, et j'avais écrit un scenario mêlant documentaire et science-fiction. Mais à l'époque, comme beaucoup d'hommes en devenir, j'étais en colère contre mon père. Colère omniprésente et silence pesant. En parallèle, je faisais le deuil d'une relation amoureuse. J'étais perdu et me cherchais. Alors ce projet est resté inachevé et s'est retrouvé dans mes archives.

Quand mon fils est venu au monde, en août 2010, j'ai griffonné quelques mots sur un bloc note. Point de départ de ce spectacle. Mais je ne pouvais pas le mettre en place parce que la vie avait plus d'imagination que moi : un parcours professionnel, personnel, affectif et artistique sinueux. Pendant cinq ans, j'ai dû faire des choix radicaux et assumer ma volonté de liberté.

Depuis deux ans, je travaille sur ce projet et j'ouvre mes archives. J'y redécouvre cette matière personnelle. Elle prend un sens particulier car elle initie un dialogue entre hier et aujourd'hui. Entre qui j'étais et qui je suis. Ce qui a évolué, c'est que je suis père de deux enfants et que je ne suis plus en colère contre mon père. Si je n'ai pas toutes les explications, j'ai essayé de comprendre, et j'ai pardonné.

J'ai vu des hommes autour de moi devenir pères. J'ai vu ceux qui flanchent, ceux qui assument, ceux qui assurent, ceux qui sont prêts et ceux qui ne le seront jamais. On voudrait nous faire croire qu'il y a un mode d'emploi ou un modèle unique. Mais aujourd'hui plus qu'hier, les codes ont changé. La perte de [re]pères ajoute à l'incompréhension et à la colère. Alors je voudrais faire en sorte que PETIT BOUT D'HOMME [au pluriel] soit une manière de pardonner à nos pères et à soi-même. Peut-être aussi permettre à nos fils de nous pardonner. C'est tenter de faire la paix, d'apaiser la colère et de donner des clefs de compréhension de ce lien fondamental, complexe et généreux qu'est celui de fils et de père.

PETIT BOUT D'HOMME [au pluriel] est une création à libre interprétation. Sur le fond, il s'agit de montrer le père dans tous ses états. Ce que mon parcours de journaliste et mon attachement au réel m'ont appris, c'est qu'il n'y a pas de réalité uniforme. J'aime les failles, les faiblesses, les joies, les moments de vie qui sont le dénominateur commun de notre humanité. J'ai donc envie de confronter les pères et les fils à ces moments cruciaux. Varier les types d'écriture sans pour autant donner toutes les clefs. Laisser chacun prendre ce qui le touche.

Sur la forme, je suis attaché à la transversalité des supports. J'aime particulièrement créer des spectacles en rencontrant des artistes venus d'autres univers que le mien. Je fonctionne au coup de cœur. J'ai souvent contacté des groupes de musique pour écrire et réaliser des clip et des captations live. Démarche spontanée que j'ai réalisée pour ce projet auprès du musicien Adrien Leprêtre, qui a accepté de partager avec moi cette création artistique. Ainsi, nous avons envie de réaliser une partition théâtrale, musicale et sonore originale et inédite.

Je souhaite également intégrer des extraits vidéo dans ce spectacle afin de réaliser ce dialogue entre le projet de 2003 et celui d'aujourd'hui. Comme une résurgence du passé qui permet de mesurer le chemin parcouru et d'écrire avec le réel.

Enfin, je souhaite intégrer quelques éléments d'improvisation dans le rapport au spectateur et à la représentation. Je travaille cette pratique depuis près de quinze ans, sous des formes variées. Aujourd'hui j'aime créer et écrire des dispositifs d'interaction avec le public, qui permettent de créer un lien préalable entre lui et moi. En permettant aux spectateurs de livrer quelques éléments personnels et de s'en inspirer, cela établit une relation de confiance et un dialogue plus intime. Il n'est pas question pour moi de revendiquer un aspect performatif dans l'utilisation de cette matière, mais véritablement de nourrir un propos, une générosité et une sincérité dans le jeu et l'échange.

Vincent Posé
Décembre 2019

NOTES D'ECRITURE
Être présent, être libre. Exister.

A travers PETIT BOUT D'HOMME [au pluriel], je souhaite composer un récit fragmentaire. Jouer avec la frontière fiction/documentaire. Mais aussi développer un dialogue entre plusieurs types d'écritures : création documentaire, sonore, sensorielle, corporelle, vidéo. Avec un soin particulier apporté à la création musicale et sonore directes.

Je vois PETIT BOUT D'HOMME [au pluriel] comme une suite de fragments. Des moments de vie et des témoignages qui abordent le thème du rapport père-fils sous différents angles. A la manière du journaliste que je n'ai jamais vraiment cessé d'être, je souhaite développer des récits sincères et profondément humains. Aborder les espoirs, la colère, la tristesse, l'amour et la légèreté. Mettre en place des univers parallèles, à première vue chaotique mais qui prennent sens lorsqu'ils se répondent. Trouver une architecture ludique et intelligente pour rendre compte de la complexité de l'être et d'être père et fils.

J'aime l'écriture réaliste et documentaire quand je pars de faits et de l'exploration de l'intime. Être sur le fil du réel, à la frontière de la fiction. Au service de la sincérité. Mais j'aime également l'acte poétique, le décalage, l'humour discret et pince sans rire. Jouer sur les mots et avec les mots. Je veux prendre et transmettre ce plaisir de l'écriture. Avec ou sans mots.

Parce qu'il m'importe de travailler sur le son et la musicalité. Mettre en place un dialogue artistique avec

Adrien et créer notre langage propre. Lui aussi travaille sur la matière documentaire, notamment en intégrant des bribes de conversations ou d'enregistrements du réel dans ses créations. Alors évidemment nous avons envie d'ouvrir de nouvelles voies et d'assumer une posture d'expérience sonore et sensorielle. Prendre les sons comme des mots et inventer sur le vif une grammaire qui touche le spectateur.

Et puis il y a le corps. Corps de chair et d'os avec une partie dansée. Avec un rapport organique à la scène et à la musique. Quand Adrien joue, c'est pour que la danse apparaisse. J'y suis sensible sans en être un expert. J'aime les rythmes, le mouvement, l'état de transe qu'elle provoque. Mais je ne l'ai jamais exploré dans mes créations. Avec ce spectacle, j'ai envie de me confronter à cette discipline qui me hante depuis des années. Alors je prends cette liberté de dialoguer avec mon propre corps.

Vincent Posé
Décembre 2019

MERCI

Adrien Leprêtre et Ludovic Bregeon, pour ces moments de création de haute qualité artistique et humaine.
Aurélie Challes, pour ton regard et ta créativité.
Valentine Leconte, pour ton soutien et ta compréhension.
Léa Géhanne, pour ta bienveillance et ta disponibilité.
Et Nicolas Breton, pour ton amitié indéfectible, capable de me pousser, à raison, dans mes retranchements.

Pierre Querniard, pour cette belle marque de confiance et la main tendue.
Jean-Pierre Cannet pour cet atelier d'écriture à la médiathèque d'Agneaux, élément déclencheur de beaucoup de choses.
Pierre Notte, pour cette rencontre précieuse et ton inspirante bienveillance.
Denis Bourgeois, pour m'avoir permis cette rencontre avec l'écriture du réel.

Les premiers spectateurs, qui sont venus un soir de janvier à la sortie de résidence, pour votre soutien, vos échanges, vos remarques, votre émotion et vos encouragements.

Papa, Maman, Jennifer et Claire pour votre soutien, tout en pudeur et en sincérité.
Paul, Camille, Lilian et Mathieu, pour le travail d'équipe et l'inspiration quotidienne.

Et Stéphanie Rausch, pour ces beaux moments partagés ensemble, ta valeur inestimable, et cet amour qui nous porte.